la petite épopée des pions

audren

illustrations de cédric philippe

la collection petite polynie est dirigée par chloé mary

éditions MeMo

Les Pions vivaient dans le noir, rangés dans un élégant coffret en bois de rose et ronce de noyer. Ils se contentaient de ce confort rassurant et n'avaient jamais envisagé de quitter la boîte rectangulaire qui les abritait et les réchauffait depuis toujours.

De temps en temps, cependant, on les en sortait, puis on les déplaçait sur un damier noir et blanc. Ils se trouvaient alors chanceux de pouvoir circuler librement dans le Géant-Monde.

Librement, c'était le mot qu'ils utilisaient.

Quand on ne se sait pas ce que c'est d'être libre, le moindre déplacement peut ressembler à la liberté.

Les Pions étaient donc heureux lorsqu'ils prenaient place sur le damier. Une place différente à chaque fois. Les Pions blancs ne pouvaient cependant pas quitter les cases blanches. Les Pions noirs restaient aussi sur leur couleur. Jamais les uns n'empiétaient sur le terrain des autres. Jamais ils n'avaient pensé qu'ils auraient pu se trouver au mauvais endroit. Tout leur semblait alors si parfait.

Afin de perpétuer cette perfection, les Pions mettaient

un point d'honneur à ne pas se faire remarquer, et s'en tenaient strictement aux règles du jeu. Ils n'avaient jamais essayé de faire autre chose, d'ailleurs.

Pendant la partie, ils voyaient la lumière, ils prenaient l'air, et découvraient parfois de nouvelles cases. La Main et ses amies les faisaient avancer et sauter l'un par-dessus l'autre, l'un à côté de l'autre. La Main les rangeait aussi dans la boîte. Elle décidait tout et elle décidait bien. Parfois, elle éliminait certains Pions de la partie et les posait sur un coin de table. Ils s'inquiétaient alors de ne plus être à leur place et perdaient leurs repères pendant quelques instants. Ces moments tumultueux leur permettaient néanmoins de se fabriquer des souvenirs marquants, qu'ils prenaient plaisir à évoquer, à ressasser même, plus tard, du fond de leur coffret.

Après chaque partie, les Pions se réjouissaient d'écouter les histoires de ceux qui avaient eu la chance de sortir du jeu et de visiter l'inconnu. Ces excursions risquées transformaient provisoirement les exclus du damier en véritables héros.

Il était arrivé qu'un Pion tombe à terre. Sasha, c'était son nom. En fait, c'était leur nom à tous. Comme il est bien connu que les moutons s'appellent tous Grégoire, les Pions, eux, s'appelaient tous Sasha. Il fallait le savoir pour ne pas se tromper.

Sasha était tombé sur le tapis. Il avait roulé, il avait voyagé loin, très loin sous la table. Il avait eu démesurément peur, il avait eu hâte de retourner dans son coffret, puis hâte d'être admiré pour ce qu'il avait fait, en réalité, malgré lui. Il avait désormais plus de choses à raconter que n'importe quel Pion et passait son temps à parler de sa chute, de la douceur du tapis rouge, et de sa terreur lorsque la truffe froide d'un gros chien s'était écrasée sur lui.

De leur damier, les Pions avaient eu maintes fois le loisir d'observer le Géant-Monde. Ils savaient qu'il leur était impossible d'y tenter une escapade, car seule La Main leur permettait de se déplacer.

Pourtant, un jour, Sasha (mais de quel Sasha s'agissait-il ?) se dit qu'il pourrait peut-être essayer de rouler encore plus loin que Sasha (ici, on sait de quel Sasha on parle, n'est-ce pas ?).

c'était humide et froid...

Rien n'arrivait sans prière, prétendait-on chez les Pions. Sacha pria donc pour que La Main l'extirpe du damier, et qu'un Coude le fasse tomber du coin de la table. Les Coudes, eux, ne décidaient rien. Les Coudes faisaient juste tomber les Pions, sans le vouloir. Le pouvoir n'appartenait pas à tout le monde, affirmait-on au fond de la boîte. Seule La Main décidait, seule La Main pouvait aider Sasha à sortir du jeu.

Le pauvre Pion pria tant qu'il se fit mal à l'esprit, mais rien ne se produisit. Il dut se contenter d'une banale virée sur le damier. Jamais la partie ne lui avait semblé aussi ennuyeuse.

Quand les Pions furent de nouveau dans la boîte, ceux qui avaient passé quelques minutes au bord de la table racontèrent leur expérience, à tour de rôle. Puis Sasha-le-Héros qui avait roulé si loin, il y a déjà très longtemps, reprit son récit habituel. C'était assez rassurant finalement de savoir que l'on revenait sain et sauf de ces endroits mystérieux et peut-être malfamés.

Sasha finit par se dire que la prière était à la rigueur une astuce pour se donner de l'envie et de la force, mais certainement pas la potion magique qu'il avait attendue. Comme il rêvait d'être remarqué à son tour par ses congénères, il interrompit Sasha-le-Héros et annonça haut et fort :

— Eh bien, moi, je vais quitter la boîte !

— Hein ??? Quoi ? Qu'est-ce que tu dis, Sasha ? Tu ne tournes pas rond ! Et La Main, alors ? s'étonnèrent les autres.

— Je me fous de La Main.

— OOOHHH ! répondirent-ils, d'une seule voix.

— Je te rappelle que nous ne pouvons rien faire sans La Main ! ajouta justement et posément Sacha-la-Raisonnable, qui semblait avoir déjà réfléchi au problème.

— Quand on veut, on peut ! s'enhardit Sasha. Je vais quitter la boîte et... il est même possible que je ne revienne pas.

En disant cela, il sentit un frisson lui parcourir le bois. Il avait très peur de ne pas savoir retrouver son chemin, très peur de se perdre à tout jamais. Toutefois, l'envie d'autre chose était plus forte que la peur. L'envie de ne pas ressembler à ses pairs, l'envie de ne plus dépendre de

je me fous de La Main.

La Main, l'envie, sans doute, d'une véritable liberté.

— Tu rêves ! s'exclama l'un des Sasha. Tu penses que la vie est plus drôle ailleurs, que tout y est possible, mais nous sommes bien heureux ici. Nous vivons dans le meilleur des mondes. Ailleurs, tu ne sais pas ce qui t'attend.

— Justement, c'est ce qui me plaît ! annonça Sasha, avec aplomb.

— Si tu t'en vas, nous ne serons plus assez nombreux sur le damier, fit remarquer un Sasha fort prévoyant. Je te rappelle que ta présence est o-bli-ga-toi-re sur le plateau. Le jeu ne peut pas commencer si une case reste vide.

Sasha se sentit un peu lâche, mais il évita de s'apitoyer sur le sort de son groupe et annonça d'une voix émue :

— Je partirai quand même. Personne n'est irremplaçable.

Il savait, au fond de lui, que La Main le retrouverait et le ramènerait dans le coffret. La Main veillait sur lui. Il rêvait de rouler plus loin que Sasha-le-Héros. Il rêvait d'en faire plus et d'être le plus fort.

Il fut alors surnommé Sashalluciné, car de telles envies ne pouvaient être que celles d'un Pion dérangé.

— Tout cela ne m'étonne pas de lui, dit Sacha-l'Observateur.

J'ai remarqué qu'il avait un petit défaut sur la tranche. Une faille... Sashalluciné n'est pas tout à fait comme nous, le pauvre.

— C'est juste un original, tempéra Sasha-la-Raisonnable.

— Un défaut sur la tranche ! Ce n'est pas rien, tout de même, répéta Sacha-l'Observateur.

Les jours passèrent. Malgré tous ses efforts, Sasha ne parvenait pas à satisfaire ses intentions. Comment aurait-il pu se mouvoir aussi loin sans le concours d'un Coude... ou d'un ouragan ? Il était devenu la risée des habitants de la boîte.

—Alors, Sashalluciné, toujours avec nous ? demandaient-ils en plaisantant, dès qu'ils le pouvaient.

Sasha n'avait pas réussi à devenir un héros. Il avait juste réussi à se rendre ridicule. Les jugements des autres le blessaient désormais. Il ne supportait plus leurs voix. Il ne supportait plus de vivre dans le noir. Il ne supportait plus de sentir La Main sur lui. Même les sorties sur le damier finirent par lui déplaire.

Pendant cette période douloureuse, Sasha découvrit qu'il savait pleurer. Jamais avant cela, il n'avait eu l'occasion d'être triste. Il se souvint alors d'une femme qu'il avait vue sangloter un jour, devant l'échiquier, et d'autres images de son passé, qu'il avait ignorées jusqu'ici, l'accompagnèrent dans son chagrin.

Un jour, tandis que Sashalluciné se creusait encore la tête pour trouver un moyen de s'évader, et que le héros du tapis était, comme à l'accoutumée, en train de décrire la truffe froide du chien à son public, les Pions ressentirent une énorme secousse et se mirent à hurler.

Sasha-la-Raisonnable conseilla à tout le monde de rester calme. Personne ne semblait blessé, tout allait bien maintenant. Mais quelques minutes plus tard, la secousse reprit, plus longue, plus inquiétante. La Raisonnable assura que La Main ne les laisserait sûrement pas tomber. Il fallait avoir confiance. Les Pions, dispersés dans la boîte, gémissaient. Leurs habitudes venaient d'être bousculées. L'avenir leur semblait soudain plus qu'incertain.

— Qu'allons-nous devenir ? demanda l'un d'eux. Nous ne sommes même plus debout.

— Au moins, ça change ! se réjouit Sashalluciné, tentant malgré tout de cacher son inquiétude.

Certains Sasha s'étaient évanouis, d'autres priaient, d'autres attendaient passivement que tout revienne en ordre. C'était si bon l'ordre, pensaient-ils.

Et puis vint le cataclysme.

c'était humide et froid...

Cédric

La boîte fut brutalement retournée, le couvercle s'ouvrit, les Pions s'éparpillèrent sur une moquette multicolore, dans une jolie pièce en désordre, au milieu d'animaux en peluche, de ballons en mousse et de papiers de bonbons brillants. Il s'agissait d'une chambre d'enfant, mais les Pions, eux, ne pouvaient pas le savoir puisqu'ils n'en avaient jamais vue avant ce jour.

— Youpilélé ! Nous sommes libres ! hurla Sashalluciné, tandis que les autres, choqués, jonchaient le sol comme de vulgaires objets inanimés.

Toutefois, chacun était en train de devenir un héros. La concurrence s'annonçait tout à coup foisonnante pour Sashalluciné. Il jeta un œil autour de lui et aperçut un Pion en train de rouler à l'autre bout de la pièce. Le veinard, pensa-t-il.

Une toute Petite Main ramassa Sashalluciné. Il la trouva bien plus douce et plus amicale que toutes celles qu'il avait fréquentées sur le damier au cours des nombreuses parties orchestrées par La Main. Il ne se doutait pas qu'il allait ensuite passer quelques secondes dans une bouche. L'expérience lui déplut. Il était trempé lorsque La Petite Main le récupéra et l'essuya sur un pull, avant de le jeter en l'air, le plus haut possible. Sashalluciné percuta le plafond dur et retomba sur un lit moelleux.

La Petite Main réunit ensuite tous les Pions sur un bureau, et les empila maladroitement avant de donner de grands coups dans les tas qu'elle venait de constituer. Jamais les Sasha n'avaient vécu de moments si violents. La Petite Main

décida ensuite de peindre chaque Pion, en vert, en bleu, en violet, en rouge, en doré même.

Sashalluciné, contrairement à ses pairs, ne s'inquiétait pas. Il admirait sa jolie couleur turquoise. Pourtant, plus les heures passaient, plus les Pions étaient maltraités, peinturlurés, léchés, balancés, écrasés...

Sasha-la-Raisonnable attendit qu'ils soient de nouveau regroupés sur le bureau pour leur annoncer :

— Nous sommes tous là et tous en vie. C'est déjà beaucoup. Serrons-nous les coudes en attendant la suite.

— Nous n'avons pas de coudes, fit remarquer Sasha-le-Plaisantin.

Puis il ajouta que, dans les moments de crise, le rire était une défense redoutable, un excellent moyen de ne pas se laisser abattre. Il rit donc et les autres le suivirent. Le ridicule ne les effrayait plus. Colorés et hilares, ils négligeaient soudain leur constant besoin de perfection. Ils répétaient qu'après un pareil chamboulement, ils n'avaient plus rien à perdre.

— D'ailleurs, qu'avions-nous à perdre jusqu'ici ? demanda un Pion, qui, pour la première fois, s'autorisait à réfléchir.

— Notre confort, répliqua Sasha-la-Raisonnable.

— Je ne comprends rien, dit un Sasha, un peu simple.

Ils furent très nombreux dans son cas. À quoi cela aurait-il servi de comprendre puisqu'ils étaient incapables d'agir et de changer ce qu'on leur imposait ?

Les Pions se serrèrent donc tristement les coudes qu'ils n'avaient pas, et attendirent des jours meilleurs sur le bureau. Sasha-le-Héros avait perdu sa place de héros.

Maintenant que le groupe avait traversé des moments bien plus terribles qu'une chute sur le tapis, plus personne ne s'intéressait à son histoire. En revanche, on parlait avec nostalgie de la boîte et du damier, et de La Main qui savait si bien rétablir l'ordre et ranger les Pions à leur place.

Parfois le temps passe mais il ne se passe rien. Comme ils n'avaient plus d'histoires héroïques à se raconter, les Pions, étalés sur le bureau, au milieu de crayons, de gommes, de tubes de colle, de gommettes et de paillettes, s'occupaient comme ils le pouvaient en observant ce qui les entourait. Tous reconnurent que le Géant-Monde était beau, en revanche l'avenir leur semblait trop incertain pour qu'ils envisagent de poursuivre leur aventure hors de la boîte.

Même si les autres avaient changé, Sashalluciné persistait à se sentir différent. Il déclara très sérieusement qu'il allait « sortir tout le monde de là ». On rit de lui car plus personne ne prêtait d'attention sérieuse à ses projets. On le disait bien trop rêveur. Pourtant, les rêveurs sont souvent des gens utiles aux autres.

Sashalluciné rêva si fort qu'un matin, tandis que les premiers rayons du soleil se faufilaient dans la pièce, il s'aperçut qu'il avait deux jambes. Il hurla de surprise et sortit les autres de leur torpeur.

— Est-ce que je rêve encore ? leur demanda-t-il.

— Sûrement, tu ne sais faire que ça ! dit un Pion, sans même s'intéresser à la nouvelle silhouette de son camarade.

Sashalluciné se mit debout et retomba immédiatement. Rien ne pouvait être totalement merveilleux, sinon l'histoire aurait été truquée. Il fallait tout de même qu'il apprenne à marcher.

— Regardez-moi, bon sang ! s'exclama-t-il. J'ai des jambes ! J'ai même des orteils !

— OOOHHH ! réagirent encore une fois les autres en observant les membres frêles et les pieds démesurément longs de leur compagnon.

Sashalluciné demanda comment on différenciait le rêve de la réalité. Il voulait être sûr d'avoir de véritables jambes.

Personne ne sut répondre à cette question.

— Je n'ai jamais rêvé, avoua Sasha-la-Raisonnable. Je ne peux pas t'aider. En tout cas, ce que je vois là, ce sont bel et bien des jambes, déclara-t-elle. Comment as-tu fait ?

— J'ai cru en moi, répondit-il.

Sashalluciné lui fit remarquer que tout ce qu'il vivait et s'apprêtait à faire aurait encore pu être un rêve, mais les autres Pions le suppliaient déjà de les aider à retourner dans leur boîte, et ceci ressemblait tout de même assez à la réalité pour qu'il y croie. Il était devenu, tout à coup, presque aussi puissant que La Main. Malgré la demande insistante de ses camarades, il n'avait cependant plus envie de sauver ceux qui s'étaient tant payé sa tête. Il partit donc seul à l'aventure.

— Vous n'avez jamais eu confiance en moi. Vous n'aviez confiance qu'en La Main. Grosse erreur ! dit-il en s'en allant.

Cédric

Juste après son départ, La Main revint, ferme et autoritaire. Elle regroupa les Pions dans une cuvette émaillée et les passa sous la douche afin de nettoyer la peinture qui les recouvrait. Les Pions se laissèrent asperger, noyer presque. Ce n'était pas agréable, mais ils pouvaient tout accepter de La Main, qui leur rendrait bientôt leur vie d'avant.

Effectivement, bien vite, ils retrouvèrent leur coffret et leur place sur le damier. Sashalluciné manquait à l'appel. La partie ne pouvait donc pas se jouer. La Main finit par le remplacer par un bouchon en plastique.

La vie avait repris son cours. On se racontait désormais les souvenirs des secousses et le cataclysme, La Petite Main, les chutes brutales, la peinture, les objets curieux du bureau, le soleil matinal dans la pièce, la métamorphose de Sashalluciné et les picotements de l'eau dans la cuvette.

Sasha-la-Raisonnable finit par lancer :

— Je me demande si ce n'est pas ça la vraie vie, finalement. L'aventure, la surprise, la nouveauté, le désordre, le risque... Ah ! Je crois que je regrette de ne pas avoir ce qu'il faut, moi aussi, pour explorer le monde. Il me manque sans doute cette envie d'apprendre des choses...

— Je ne comprends pas, dit un Pion un peu simple.

Et ils furent, de nouveau, plusieurs dans son cas.

Cédric

Pour la première fois, involontairement, Sacha-la-Raisonnable se mit à rêver. Elle rêvait qu'elle partait à son tour. Sashalluciné, lui, ne se manifesta plus. Le bouchon en plastique, qui connaissait bien les habitudes du Géant-Monde, apprit aux autres que les aspirateurs avalaient tout ce qui traînait par terre.

On finit donc par supposer que le fugueur avait mal fini, et Sasha-la-Raisonnable se demanda alors s'il était vraiment sage de vouloir s'en aller.

Mais un soir, le coffret s'entrouvrit tout doucement. Une minuscule main tentait de pousser le couvercle, de l'extérieur.

— Salutations vespérales, chers camarades immobiles ! annonça finalement une voix sympathique et familière.

Néanmoins, la plupart des Pions reconnurent surtout Sacha à ses jambes et la longueur de ses pieds.

— Sashalluciné !!! Tu n'as pas été aspiré alors ! s'exclama Sasha-la-Raisonnable. Je rêve ou tu as aussi des mains ?

— Tu m'as dit toi-même que tu ne rêvais jamais, dit l'aventurier en riant. Aurais-tu changé en mon absence ?

Et Sacha s'installa dans la boîte aux côtés des siens, juste pour retrouver, pendant quelques instants, le parfum de sa vie d'avant, qui lui manquait, malgré tout, de temps en temps.

tait umide et froid...

Achevé d'imprimer en Europe le 6 décembre 2017
sur des papiers issus de forêts gérées durablement.